Nefoedd yr Adar

Nefoedd yr Adar

Ceris Mair James

Lluniau Helen Flook

Gomer

Cyhoeddwyd gyntaf yn 2015 gan
Wasg Gomer, Llandysul, Ceredigion, SA44 4JL
www.gomer.co.uk

ISBN 978 1 84851 905 3

Cyhoeddwyd gyda chefnogaeth Llywodraeth Cymru.

Argraffwyd a rhwymwyd yng Nghymru gan
Wasg Gomer, Llandysul, Ceredigion.

Pennod 1

Twît, Twît

Roedd Ifan wrth ei fodd yn canu. Yn wir, byddai'n canu bob awr o'r dydd o gael y cyfle.

Byddai'n canu yn y gawod.

Byddai'n canu ar ei ffordd i'r ysgol.

Byddai hyd yn oed yn canu pan fyddai'n hongian ben i waered oddi ar gangen coeden enfawr yn y parc.

Un diwrnod roedd Ifan allan yn yr ardd yn chwarae pêl-droed ac yn canu ar yr un pryd, wrth gwrs! Wrth i'r bêl daro'r wal i guriad ei gân clywodd rywbeth neu rywun yn chwibanu.

Roedd Dad yn coginio swper yn y tŷ a doedd
Mam ddim wedi dod adref o'r gwaith eto.

Edrychodd Ifan o'i gwmpas mewn penbleth
llwyr. O ble roedd y sŵn yn dod?

Aeth i edrych yn y llwyn rhosynnau. Edrychodd
o dan y trampolîn. Edrychodd yn sied yr ardd.
Ond doedd dim smic o sŵn i'w glywed yn unman.

Felly, aeth 'nôl i chwarae pêl. Ond daeth y swn unwaith eto.

Twît-twît-twît-
twît-twît-twît

Stopiodd Ifan chwarae. Edrychodd i fyny i
gyfeiriad brigau'r goeden gerllaw a gweld aderyn
glas ac aderyn melyn yn sbecian arno o nyth.

Cafodd Ifan syniad. Rhedodd nerth ei draed i nôl tamaid o fwyd i'r ddau aderyn a'i osod ar y bwrdd adar.

'Dewch i lawr nawr 'te, bois bach. Dewch i lawr fan hyn at Ifan,' meddai'n dawel.

Pennod 2

Cari'r Caneri a Tomos y Titw

O fewn chwinciad roedd yr aderyn melyn yn
eistedd yn hyderus ar y bwrdd bwyd, yn ysgwyd ei
blu ac yn llowcio briwsion. Chwibanodd ar
ei ffrind . . .

Twît-twît, Titw Tomos
Las, paid â bod yn swil.
Dere i gadw cwmni i fi.
Dydw i ddim yn hoffi
chwibanu ar fy
mhen fy hun.
Twît-twît

'Twît-twît, mewn munud,' atebodd yr aderyn
glas mewn llais bach swil. 'Rwy'n twtio fy mhlu.
Twît-twît.'

'Wel, wel! Bachgen, bachgen! Alla i byth â chredu fy llygaid na fy nghlustiau! Adar sy'n medru siarad!' ebychodd Ifan.

'Twît-twît. Cari'r Caneri ydw i, a Tomos y Titw yw'r un bach swil yna yn y nyth,' meddai'r aderyn melyn wrth Ifan. 'Bydd yn rhaid i ni ganu rap os wyt ti am iddo ymuno gyda fi ar y bwrdd adar.

Twît-twît.'

Yna, dechreuodd Cari'r Caneri rapio nerth ei
phig.

Yn wir, cyn diwedd y rap roedd Tomos wedi ymuno â Cari ar y bwrdd adar ac yn neidio gyda'r curiad.

'Twît-twît. Allwn ni ganu'r rap yna eto, os gwelwch yn dda?' gofynnodd Tomos yn swil o hyd.

'Wrth gwrs!' atebodd Ifan a Cari ar yr un pryd. Ond wrth iddyn nhw ddechrau rapio dyma sŵn cras crawcian a gwichian yn boddi'r rap.

Roedd gwylan fawr wedi glanio'n lletchwith ar fwrdd yr adar gan daro Tomos y Titw'n bendramwnwgl i'r llawr.

Pennod 3

Y Bath Hud

'Crawc, gwich. Diolch am y bwyd, bois bach,' meddai'r wylan ar ôl llyncu pob briwsionyn oedd ar y bwrdd adar. 'Roeddwn i bron â llwgu!'

'Hei, paid â bod mor haerllug!' meddai Cari'r Caneri ar dop ei llais. 'Bwyd Tomos oedd hwnna! Cer o 'ma, yr hen aderyn hyll.'

'Paid â bod mor gas!
Nid fy mai i yw e
fy mod i'n wyn ac
yn hyll ac yn fwy
na chi,' crawciodd yr
wylan yn ddigalon.

'Beth yw dy enw di?' gofynnodd Ifan.

'Crawc, gwich. Gwil yr Wylan. Fe glywais i
chi'n rapio ac ro'n i eisiau ymuno hefyd. Rwy'n
dipyn o gantor. Craaa-aawc! Gwiiiiich!
Craaawc! Rwy'n mynd i Ysgol y Goedwig
gyda Cari a Tomos.'

'Wel, Gwil yr Wylan, doedd dy rapio di ddim
yn arbennig yn ystod y gân honno,' meddai Ifan
yn blwmp ac yn blaen. 'Ysgol y Goedwig?'
holodd wedyn.

'Ie, mae pob math o adar yn mynd i Ysgol y Goedwig,' meddai Cari'r Caneri, wrth weld Gwil yr Wylan yn plygu ei ben yn ddigalon. 'Nawr, mae gyda ni gyfrinach i ti, Gwil. Yng nghornel yr ardd, mae bath hud. Os wnei di yfed ychydig o ddŵr o'r bath dair gwaith y dydd am wythnos, bydd dy lais di yr un mor swynol â'n lleisiau ni.'

'Dŵr hud?' holodd Ifan yn syn. Doedd neb wedi sôn dim wrtho o'r blaen fod y dŵr yn y bath adar yn hudol.

Gwrandawodd Gwil yr Wylan ar gyngor ei
ffrind newydd ac aeth i'r bath adar hud yng
nghornel yr ardd dair gwaith y dydd. Byddai'n
agor ei big oren ac yn llyncu'r dŵr hudol wrth i'r
wawr dorri . . .

amser cinio . . .

ac wrth i'r haul fachlud gyda'r nos.

Pennod 4

Bwm-bwm-bap!

Wythnos yn ddiweddarach roedd Ifan yn aros yn eiddgar am ei ffrindiau newydd yn yr ardd.

Roedd wedi trefnu cwrdd â'r adar i ymarfer canu ac roedd e'n ysu hefyd am gael gweld a oedd llais Gwil wedi gwella. Tybed a oedd y stori am y bath hud yn wir? Tomos y Titw a Cari'r Caneri oedd y cyntaf i gyrraedd.

Ymhen peth amser cyrhaeddodd Gwil yr Wylan
y bwrdd adar. Roedd yn edrych dipyn yn
wahanol y tro hwn gan ei fod yn gwisgo siwmper
flewog a streipiau amryliw arni ac roedd ganddo
sbectol haul tywyll ar ei big. Yn wir, roedd yn
edrych fel tipyn o seren bop!

'Bachgen, bachgen! Beth ddigwyddodd i ti?'
ebychodd Ifan.

'Bwm–bwm–bap,' meddai Gwil yr Wylan.
'Ar ôl yfed dŵr o'r bath hud dair gwaith y dydd
am wythnos gron fe ddihunais un bore yn gwisgo
siwmper flewog amryliw a sbectol haul yn
glynu'n dynn wrth fy nhrwyn! Mae fy llais yn
dal yr un mor gras a gwichlyd. OND, dwi'n
medru cadw curiad i fiwsig roc! Gwrandewch!'

Bwm-bwm-bap

Dechreuodd Gwil yr Wylan symud ei ben i fyny ac i lawr wrth gadw curiad.

Bwm-bwm-bap

Dechreuodd Cari'r Caneri a Titw Tomos Las
biffian chwerthin yn swnllyd. Doedden nhw
erioed wedi gweld gwylan debyg i Gwil o'r blaen.

'Twît-twît. Rwyt ti'n wylan unigryw Gwil,' meddai Cari.

'Rwyt ti mor wahanol i'r gwylanod cyffredin sy'n dwyn sglodion ar lan y môr! Twît-twît,' mentrodd Tomos.

'Oes eisiau bod mor gas
i'ch gilydd drwy'r amser?'
dwrdiodd Ifan.

'Adar ydych chi i gyd, yn hedfan yn yr un aw
ac yn rhannu'r un bwrdd adar.'

Gwgodd Cari a Tomos ar Ifan â'u pennau yn
eu plu wrth sylweddoli mor wir oedd ei eiriau.

'Hei!' gwaeddodd Ifan yn frwd. 'Rydw i wedi cael syniad! Wyt ti, Gwil, yn gallu cadw curiad i fiwsig roc a chwarae'r drymiau ar yr un pryd?'

'Ydw, wrth gwrs!' atebodd Gwil yr Wylan a'i wyneb yn goleuo. 'Pam . . ?'

Pennod 5

Y drymiau amryliw

Ddiwrnod yn
ddiweddarach
daeth y pedwar
ohonyn nhw
'nôl i'r ardd.
Sylwodd Ifan
fod gan
Gwil yr
Wylan fag
enfawr ar ei
gefn a oedd yn
ddigon mawr
i ddal Cari
a Tomos ynddo!

Wrth i Gwil agor y bag gwelodd Ifan mai set o ddrymiau amryliw o liwiau'r enfys oedd ganddo. Roedd y drymiau'n union yr un lliw â'i siwmper liwgar.

Syllodd Cari a Tomos â'u pigau'n agored ar y
drymiau! Roedden nhw'n genfigennus iawn o
Gwil yr Wylan.

'Twît-twît. Ifan, pam na chaf i a Cari chwarae offerynnau? Rwy'n siŵr y gwnawn ni'n well na Gwil! Twît-twît,' meddai Tomos yn hyderus.

'Rydych chi'ch dau'n adar hunanol dros ben,'
atebodd Ifan. 'Mae gan bawb dalentau
gwahanol. Chwibanu yw eich cryfder chi ac,
erbyn hyn, mae Gwil yn gallu chwarae offeryn.
Mae'n hen bryd i chi ddysgu bod yn ffrindiau!'

Pennod 5

Nefoedd yr adar

'Hei! Beth am sefydlu band?' holodd Ifan yn sydyn. 'Mae pob un ohonon ni'n dda am wneud gwahanol bethau ac fe wnawn ni fand gwych.'

Daeth gwên enfawr i bigau'r tri aderyn.
Roedden nhw wedi gwirioni ar syniad anhygoel
Ifan. Dechreuodd y tri hedfan a dawnsio o'i
gwmpas mewn cylchoedd nes bod Ifan yn teimlo
fel petai ar chwyrligwgan.

'Calliwch chi'ch tri!' ebychodd Ifan. 'Y peth cyntaf sydd angen i ni wneud yw enwi'r band. Oes gan unrhyw un syniadau?'

. . . awgrymodd Cari.

. . . awgrymodd Tomos.

. . . awgrymodd Gwil yr Wylan.

'Fydd yr enwau hynny ddim yn gwneud
y tro!' protestiodd Ifan. 'Mae eisiau enw unigryw
a bachog sydd yn addas ar gyfer pob aelod
o'r band!'

'Nefoedd yr Adar!' ebychodd yr adar gyda'i gilydd. 'Dyna enw addas i fand!'

O'r diwedd roedd pawb wedi llwyddo i gytuno ar rywbeth – Nefoedd yr Adar!

Ymhen rhai diwrnodau daeth poster i'r golwg
yn Ysgol y Goedwig yn hysbysebu sioe dalent.

Hedfanodd Cari, Tomos a Gwil draw i'r ardd
at Ifan ar unwaith i sôn am y sioe dalent.
Roedden nhw'n gyffro i gyd ac ar dân eisiau i
Nefoedd yr Adar gymryd rhan.

Dechreuodd y band ymarfer ar unwaith.
Roedden nhw'n ymarfer o fore gwyn tan nos.

Roedden nhw'n ymarfer wrth i Ifan gerdded
i'r ysgol.

Roedden nhw'n ceisio ymarfer wrth i Ifan frwsio'i ddannedd a'i geg yn llawn past dannedd.

Roedden nhw hyd yn oed yn ymarfer pan oedd Ifan yn ei wely a'i fam *yn meddwl* ei fod yn cysgu!

Pennod 6

Y Sioe Dalent

Ar ddiwrnod Sioe Dalent Ysgol y Goedwig aeth
Cari, Tomos a Gwil i'r ysgol fel arfer. Dilynodd
Ifan nhw, er mwyn ysbïo ar bawb yn yr ysgol
arbennig a gweld y gwahanol dalentau.

Roedd Nefoedd yr Adar bron yn barod i gystadlu. Cari'r Caneri oedd am ganu'r prif ran, Tomos y Titw am chwibanu yn y cefndir ac roedd Gwil yr Wylan am chwarae'r drymiau a chadw'r curiad.

Cafodd holl aelodau Nefoedd yr Adar eu croesawu gan Mrs Heti Binc, y brifathrawes, a Mr Doeth, beirniad y gystadleuaeth.

Roedd llawer o wahanol adar yn cystadlu
trwy wneud pob math o gampau.

Roedd cnocell y coed yn ceisio torri darn o bren yn ei hanner gyda'i phig.

Roedd yna frân yn dawnsio gan sefyll ar ei phen.

Roedd yna barot yn ceisio jyglo . . .

ac roedd dau farcud coch yn gwneud campau gymnasteg.

Daeth tro Nefoedd yr Adar i fentro ar y llwyfan. Roedden nhw'n nerfus dros ben a phili-palod bach yn cosi ym moliau'r tri. Tu ôl i'r goeden roedd Ifan yn cuddio er mwyn gwylio Cari, Tomos a Gwil yn perfformio.

Roedd Cari a Tomos yn gwisgo siacedi lledr
ac roedd Gwil yn ei siwmper liwgar a sbectol
haul. Roedd pob un yn edrych fel seren bop!

Wrth iddyn nhw gamu ar y llwyfan roedd y gynulleidfa yn eu dyblau'n chwerthin gan sibrwd a phwyntio at eu gwisgoedd!

'Peidiwch â chymryd sylw ohonyn nhw!'
sibrydodd Ifan yn dawel bach. 'Fe gawn nhw
sioc nawr! Rydych chi'n gwybod eich bod chi'n
well nag unrhyw un arall sydd wedi bod ar y
llwyfan yma heddiw.'

O'r eiliad yr agorodd Cari a Tomos eu pigau
ac y tarodd Gwil y sŵn cyntaf o'i drymiau roedd
y gynulleidfa wedi'i synnu! Roedd pawb wedi eu
syfrdanu gan ganu Cari a chwibanu Tomos . . .
heb sôn am guriadau drymiau Gwil!

Erbyn diwedd y gân roedd pawb ar eu traed
yn dawnsio ac yn curo dwylo. Roedd Mrs Heti
Binc a Mr Doeth hyd yn oed yn dawnsio yn
y coed!

Ar ôl iddyn nhw orffen canu rhuthrodd Mrs
Heti Binc a Mr Doeth ar y llwyfan.

cyhoeddodd Mrs Heti Binc gan godi'r bluen
liwgar a oedd yn wobr a'i rhoi i Cari.

Roedd pawb yn y gynulleidfa wrth eu bodd ac yn bloeddio 'Nefoedd yr Adar!' yn uchel eu cloch! Roedd Ifan a'i ffrindiau newydd ar ben eu digon.